LES
DEUX SCRUTINS

RÉFLEXIONS D'UN BOURGEOIS

> Depuis le violon, virtuose accompli,
> Jusqu'au triangle monotone,
> A nul on n'imposa le silence ou l'oubli !
>
> LACHAMBAUDIE.

PARIS

IMPRIMERIE WATTIER ET Cᵉ

4, RUE DES DÉCHARGEURS, 4

—

1882

LES

DEUX SCRUTINS

—

RÉFLEXIONS D'UN BOURGEOIS

Depuis le violon, virtuose accompli,
Jusqu'au triangle monotone,
A nul on n'imposa le silence ou l'oubli !

LACHAMBAUDIE.

PARIS

IMPRIMERIE WATTIER ET Cᵉ

4, RUE DES DÉCHARGEURS, 4

—

1882

LES DEUX SCRUTINS

La République est le gouvernement qui repose également sur tous les citoyens et dans lequel chacun a une part égale de droits à exercer et de devoirs à remplir.

C'est la souveraineté de la nation !

L'exercice du gouvernement est confié à des mandataires.

C'est-à-dire que chaque citoyen délègue à un autre citoyen sa part de souveraineté, le charge d'administrer en son nom la chose publique, de veiller aux soins de l'Etat en général et de représenter en particulier les aspirations, les intérêts et les besoins de la *région* et des citoyens qui l'ont nommé.

Le mode de scrutin le plus conforme à la doctrine républicaine, est celui qui conserve le mieux à chaque citoyen sa part d'influence dans l'administration des affaires publiques, dans la confection des lois, dont dépendent sa liberté, sa fortune et sa vie.

Le scrutin le plus démocratique est celui qui met en rapport direct le mandataire et les électeurs et permet le mieux à ceux-ci de connaître, d'entendre et d'interroger l'homme à qui ils devront confier les destinées de la Patrie.

Tout mode de scrutin qui, sous quelque prétexte que ce soit, tend à modifier, amoindrir ou supprimer ces droits est un attentat à la souveraineté nationale, une violation du suffrage universel.

***

Lorsque le scrutin de liste fut adopté par la Chambre

des députés, ceux qui voient dans la République autre chose qu'une vaine formule, comprirent que le suffrage universel était menacé dans le fond sinon dans la forme et, bien que la presse, même celle qui se dit démocratique, ait pris parti pour le scrutin de liste, les électeurs appartenant aux classes laborieuses, se montrent réfractaires à ce mode de votation.

Ils ont senti qu'en supprimant le scrutin d'arrondissement, on leur enlevait moralement leur part d'influence directe et le moyen légal de produire et d'affirmer leurs légitimes revendications.

En vain, on fait miroiter à leurs yeux ce fait que jusqu'ici le scrutin de liste seul a fait entrer des ouvriers au Parlement, ils savent ce que leur a coûté cette satisfaction, ils n'ont pas confiance, ils ont raison.

*
* *

Le scrutin d'arrondissement est un principe.

On a épuisé sur lui tous les sarcasmes, à défaut d'arguments.

D'abord c'est le petit scrutin (c'est pour cela que les petits doivent le conserver).

Il représente les intérêts locaux (il faut bien qu'ils soient représentés).

Le député ne représente pas la France, mais une région (elle est en France cette région).

Le député n'est pas libre de ses votes, obligé qu'il est de solliciter du pouvoir des subventions, des chemins de fer pour l'arrondissement, des emplois et des bureaux de tabac pour les électeurs influents.

Les députés actuels n'appartiennent pas à l'élite de la nation.

Enfin, ils sont imposés aux électeurs par des comités.

****

Il y a du vrai dans ces défauts reprochés au petit scrutin ; seulement comme il n'y a rien de petit chez les grands, nous les retrouvons dans le scrutin de liste, tous sans exception, considérablement augmentés et pas du tout corrigés.

Ces défauts dépendent de la nature humaine et de l'absence des lois les plus élémentaires.

Les hommes du grand scrutin n'ont rien inventé, ils répètent servilement ce que les royalistes disent du gouvernement représentatif en général et de la République en particulier.

Tous appuient leurs raisonnements sur l'ignorance des masses, l'insouciance des uns, l'ambition des autres, la corruption de tous.

Les partisans du grand scrutin sont dans le même ordre d'idées que ceux qui, sous Louis-Philippe, demandaient la réforme électorale, par l'abaissement du cens et l'adjonction des capacités qui les faisaient les égaux de leurs supérieurs, mais repoussaient le suffrage universel qui les fait les égaux de leurs inférieurs.

Pour qui a vécu, a lu, entendu, pas de doute possible ; ce sont les mêmes arguments, les mêmes défiances, le même égoïsme aveugle du parti arrivé qui voulait la liberté pour lui, le progrès pour lui, la marche en avant pour lui, mais qui s'arrête dès que son ambition est satisfaite et se retourne contre ceux qui, après l'avoir aidé dans la lutte, réclament à leur tour leur part d'influence et de liberté.

On reproche au scrutin d'arrondissement les demandes d'emplois et de bureaux de tabac.

Signaler le mal, c'est indiquer le remède.

Une loi réglant l'avancement des fonctionnaires et employés de l'État.

Que personne ne soit appelé à un emploi, sans avoir occupé l'emploi hiérarchique au-dessous, comme cela se fait dans la marine et dans l'armée.

Que les bureaux de tabac soient mis en adjudication, tous ces abus sont à jamais supprimés, les différents scrutins n'ont rien à y voir.

D'ailleurs, les comités de départements seront tout aussi âpres à la curée ; les députés devront satisfaire aux mêmes exigences, sinon les députés élus en bloc seront blackboulés de même.

A moins d'exiger que les représentants du midi habitent le nord, que ceux du levant habitent l'occident *et vice versa*, sur ce point, on n'aura rien changé.

Le scrutin de liste appellerait à lui l'élite de la nation !

Est-ce bien sûr ?

L'élite de la nation se compose des membres illustres des corps savants et des professions libérales.

Eh bien ! à quelques exceptions près, si ce n'est à l'époque de la grande Révolution, les assemblées élues n'ont jamais contenu que la partie ambitieuse, ardente, inquiète de ces corporations.

Les travaux parlementaires exigent tout ce qu'un homme peut donner d'activité et d'intelligence.

Il est impossible d'y prendre une part sérieuse sans négliger les hautes facultés qui font les grands savants, les grands ingénieurs, les grands industriels, les grands artistes.

N'essayez pas de détacher ces hommes de leur idéal pour les plonger dans les intrigues de la politique !

Avez-vous vu les Flourens. les Milne-Edwards, les Chevreul, les Payen, les Daubrée, etc., solliciter ou accepter le mandat de député?

Arago, me dira-t-on; mais j'ai admis les exceptions !

Et combien ils ont raison ; par leurs études, leur science, leurs découvertes, ils appartiennent à l'humanité tout entière. ils sont au-dessus de tous les partis, ils n'en doivent servir aucun.

Ce sont là des phrases, voyons les faits :

Les sénateurs, puisque sénateurs il y a, sont nommés par des électeurs présentant ce qu'on appelle de la surface, des hommes choisis ; les candidats doivent remplir certaines conditions, ce sont des hommes *choisis.*

Au point de vue de l'intelligence transcendante, le Sénat justifie-t-il les espérances fondées sur cette double sélection?

Est-ce pénurie d'hommes supérieurs? Non !

Mais plus le niveau intellectuel s'élève, plus il est difficile de trouver des hommes s'élevant beaucoup au-dessus de ce niveau.

***

Supposons un instant que, comme une baguette magique, le scrutin de liste ait la vertu de placer l'avenir du pays entre les mains de ces hommes éminents.

La marche du progrès serait-elle plus rapide ?

Erreur complète !

Quand même ils seraient animés des idées les plus libérales, ils composeraient une assemblée inconsciemment, fatalement réactionnaire, car tous ces hommes font partie d'une aristocratie nouvelle, que chaque Révolution vient affermir et consacrer, l'aristocratie du travail et du talent; la plus légitime, la plus utile, mais aussi la plus égoïste, la plus étroite, la plus implacable de toutes les aristocraties.

*
* *

Les élections sont faites par des comités, c'est vrai; les comités, voilà l'ennemi !

Le grand scrutin pourra-t-il annihiler l'influence dissolvante des comités? Non !

Au contraire, avec lui le comité devient tout !

Le candidat, rien!

Le comité d'arrondissement est composé d'électeurs connus, assumant une responsabilité directe ; il y a là une garantie morale.

Le comité tient à garder vis-à-vis de son parti, sa dignité et sa valeur.

Le scrutin d'arrondissement est forcément honnête, car il ne peut se prêter aux capitulations, aux transactions qui sont l'essence même du scrutin de liste.

*
* *

Les listes de département seront faites par des comités et les comités les plus influents seront ceux du chef-lieu.

Du chef-lieu ! c'est-à-dire de l'endroit où se trouvent réunis en faisceau, tous les éléments d'autorité morale et matérielle dont un gouvernement peut user et abuser.

L'autorité administrative, par le Préfet,

L'autorité militaire, par le général,

L'autorité religieuse, par l'évêque,

L'autorité judiciaire, par le tribunal,

L'autorité ploutocratique par le receveur général, la banque, le haut commerce, etc., etc.

Rien n'y manque !

Le proconsul, le traitant, le soldat, le juge et le prêtre, c'est à-dire la pression, l'oppression et la compression.

C'est de ce centre d'autorité, que le peuple devra attendre la liberté !

De ce centre de résistance, qu'il devra attendre le progrès !

De ce centre de conservatisme, qu'il devra attendre la réforme des abus !

De ce centre de fonctionnarisme, qu'il devra attendre la réforme du fonctionnarisme, la diminution des gros traitements et la suppression des sinécures.

*
* *

Oh ! je reconnais que les élections seront faites d'une manière plus convenable, *plus distinguée* ; il n'y aura point de bruit, point de scandale causé par l'enthousiasme faux et brutal de villageois trompés ou vendus.

On ne verra plus, on n'entendra plus cela, on ne verra plus rien, on n'entendra plus rien.

Sous peine de travailler dans le vide et de faire la tapisserie de Pénélope, les comités républicains seront forcés de compter avec les comités monarchiques.

Après mille intrigues, on dressera des listes de transaction.

Dans les centres populeux, on portera un canditat ouvrier, comme trompe-l'œil.

Ce sera la part du feu !

Le reste sera pour les grands intérêts, les grands industriels, les grands propriétaires, les grands fonctionnaires.

Ce sera la part du lion !

*
* *

Le scrutin de liste est cousin germain de la loi du 31 mai 1850.

La seule différence qu'il y ait entre ces deux mesures, c'est que l'une est une mesure radicale prise par des jésuites, l'autre une mesure jésuitique prise par des radicaux.

Au moins cette loi du 31 mai, avait le mérite de la franchise.

Elle supprimait carrément une catégorie d'électeurs et rétablissait le fameux pays *légal*.

Elle était proposée par les ennemis déclarés de la République et acceptée par Bonaparte qui, sept mois après, se faisait, contre l'assemblée législative, une arme terrible de cette loi de défiance et d'exclusion.

Consultez les feuilles réactionnaires de l'époque, vous trouverez en faveur de cette loi, tous les arguments employés aujourd'hui contre le scrutin d'arrondissement.

Aussi quel succès obtint le passage de la proclamation présidentielle qui déclarait rendre intégralement au peuple français, le suffrage universel que l'Assemblée avait mutilé.

Les dirigeants étaient moralement complices du coup d'Etat.

Qui donc pouvait dèfendre l'Assemblée?

Les dirigés !

Le 31 mai les avait mis hors la loi, ils n'avaient plus à la défendre.

Et quand l'attentat fùt consommé, parmis ces députés nommés au scrutin de liste (*en tas*), sans mandat direct, qu'aucun lien n'attachait à la région qu'ils représentaient, qui n'avaient là ni leurs biens, ni leur famille et qui n'avaient pas à rougir devant des électeurs qu'ils ne connaissaient pas et dont ils étaient inconnus ; combien de ces hommes, reniant leur passé et leurs serments, s'empressèrent de se mettre au service du vainqueur !

Combien de noms pourrais-je citer ! qui sont autant de stigmates pour le scrutin de liste qu'on nous donne comme un modèle d'indépendance et de grandeur.

Le 31 mai éliminait les électeurs.

Le scrutin de liste élimine les canditats.

Le moyen est différent, le résultat est le même.

Point de doute à cet égard, du reste on ne s'en cache pas.

On espère ainsi en finir avec les partis extrêmes.

Mais suppose-t-on que ces partis se laisseront déposséder, sans agiter le pays par tous les moyens, même les plus violents.

Prenez-y garde, messieurs du grand scrutin, il est bon de mépriser le danger, il est mauvais de mépriser l'adversaire.

Prenez garde même au succès qui peut être plus grand que vous ne l'espérez.

Les hommes que vous redoutez, abandonneront la lutte ouverte et vous resterez, en apparence, maîtres des électeurs, des députés, de tout !

Vous aurez ce calme effrayant dont on jouissait sous l'empire.

Vous aurez fait du corps électoral, une armée disciplinée, pensant bien, votant bien ; vous aurez constitué une sorte d'oligarchie bourgeoise, un gouvernement hybride qui, sans avoir la stabilité de la monarchie, ni la grandeur de la République, aura la corruption de l'une et l'ostracisme de l'autre.

Et ceux qui se sentiront exclus, ceux-là aussi formeront une armée disciplinée, pensant mal, votant mal, prête à servir celui qui lui promettra de lui rendre ses droits et à s'enrôler sous la bannière du libérateur quel qu'il soit, qu'il s'appelle Sylla ou Marius, César ou Catilina.

*
* *

Le scrutin de liste a été admis en principe et repoussé incidemment pour une question de personne ; on a craint que M. Gambetta s'en fît un moyen de gouvernement.

M. Gambetta est-il donc le seul dont l'ambition soit à craindre ?

Ce qui était dangereux avec lui, ne l'est-il donc plus avec un autre ?

N'est-il pas triste de penser qu'un moyen de gouverner une grande nation, puisse être comparé à ce médicament légendaire qui guérit les maçons et fait mourir les charpentiers.

Le scrutin de liste est une arme de combat, un expédient.

Le coup qui a frappé M. Gambetta, a tué le scrutin de liste.

****

Pourquoi le scrutin de liste !

C'est que sans lui, à ce qu'il paraît, on ne pourra jamais compter sur une majorité gouvernementale.

Les majorités gouvernementales ! quels souvenirs évoqués en deux mots !

Elles ont conduit Napoléon Ier à Saint-Hélène, Charles X à Holy-Road, Louis-Philippe à Claremont, Napoléon III à Chislehurst.

Elles ont à leur actif, les invasions et le démembrement du pays, la terreur blanche, la campagne absolutiste en Espagne, l'autel sur le trône, toutes les lois liberticides qui amenèrent la Révolution de 1830, l'évacuation d'Ancône, l'abandon de la Pologne, les lois de septembre, le régime protecteur à outrance, le refus de la réforme postale et de la réforme électorale, le maintien des peines corporelles dans l'armée de mer, le maintien de l'esclavage, le droit de visite, le désaveu du capitaine Renaud, l'indemnité Pritchard, le désaveu de M. D'Aubigny, le rappel du capitaine Dupetit-Thouars ; c'est la majorité gouvernementale qui, à la devise fraternelle, la paix partout et toujours, avait ajouté : et à tout prix.

La majorité gouvernementale la plus homogène, la plus constante, est certainement celle du second empire.

Faut-il en parler ? non n'est-ce pas !

La majorité gouvernementale, c'est le contrôleur qui ne contrôle pas, c'est le bill d'indemnité acquis d'avance au pouvoir, l'abdication du mandat législatif, la négation de la Souveraineté nationale !

*
* *

Les partisans du scrutin de liste disent, avec raison, que ce mode est plus réfléchi et ne s'égare pas sur des noms inconnus.

Assurément, il tiendra en suspicion et même en interdit, les impatients, les intransigeants, les irréconciliables.

Le scrutin d'arrondissement est plus facile à surprendre, à entraîner.

Mais c'est en cela qu'il est la base du progrès et de la marche en avant.

Ces inconnus de la veille qui deviennent les célèbres du lendemain, c'est lui qui les appelle, qui les produit, qui les nomme.

C'est lui qui, par sa mobilité même, infuse un sang nouveau *aux veines des assemblées caduques*.

J'ai dit les irréconciliables.

Sans le scrutin d'arrondissement ou de circonscription M. Gambetta n'eût pas été élu en 1869.

Les comités de Belleville eurent l'intelligence de le pressentir et de s'en emparer.

Avec le scrutin de liste et les suffrages disséminés, il n'aurait recueilli que les voix des révolutionnaires ardents.

Les républicains modérés ne voulaient que des candidats de leur nuance : Jules Favre, Carnot, Garnier-Pagès, Bancel.

Ils n'allaient pas au-delà et cherchaient déjà à contenir l'élément révolutionnaire qui pouvait tout compromettre.

Le scrutin de liste, avec sa prudence instinctive, ferme la voie aux hommes de l'avant et ne leur laisse qu'un moyen d'arriver, la violence !

****

Le scrutin d'arrondissement représente à la fois la commune et l'Etat.

Le scrutin de liste représente l'Etat seulement.

Qui prendra la défense des intérêts locaux?

Jusqu'ici nous avons répondu aux hommes de l'autonomie que les grands intérêts communaux sont représentés au Parlement par les députés des communes composant l'arrondissement, et que les municipalités ont des pouvoirs presque suffisants pour la mission spéciale qu'elles ont à remplir.

Cette garantie n'existant plus, l'autonomie communale serait une conséquence logique de la suppression du scrutin d'arrondissement.

****

Les intérêts de clocher subsisteront toujours, mais ceux des grands centres primeront les autres, car seuls ils seront directement représentés.

Un exemple, tout d'actualité :

Le Havre et ses dépendances tendent à former un département nouveau.

Rouen et ses dépendances résistent.

Avec le scrutin d'arrondissement, les dissidents peuvent nommer des séparatistes.

Avec le grand scrutin, le Havre peut conspirer, s'agiter, s'irriter, ce sera en pure perte.

Sa population et celle des communes ayant un intérêt immédiat, sérieux, à l'appuyer, représente environ 200,000 habitants, soit un quart de la population de la Seine-Inférieure.

Avec le scrutin de liste, non seulement le Havre est condamné à rester sous-préfecture, mais il est possible que le Havre ne soit même pas représenté au Parlement.

***

On a accordé aux grands centres une représentation plus en rapport avec le nombre des habitants. C'est justice ; mais si on a dû tenir compte du nombre, il faut aussi tenir compte de la surface, de l'étendue d'un territoire.

Les régions populeuses sont déjà favorisées par leur situation géographique ; les régions moins habitées sont relativement déshéritées, elles ont surtout besoin d'être protégées, d'avoir une représentation directe, spéciale.

Eh bien ! le grand scrutin donnera la toute-puissance aux puissants, les armes aux plus forts.

Aux grands, la parole ! Aux petits, le silence !

Tout le scrutin de liste est là !

***

Le scrutin d'arrondissement a d'immenses défauts, le scrutin de liste a des vices.

Le temps, l'instruction, la presse corrigeront les défauts du scrutin d'arrondissement.

Rien n'atténuera les vices du scrutin de liste.

Ne donnez pas aux ennemis de la République la satisfaction d'un changement qui est une condamnation anticipée du suffrage universel.

Le scrutin le plus conforme à la doctrine républicaine est celui qui conserve le mieux à chaque citoyen sa part d'influence dans l'administration des affaires publiques, dans la confection des lois dont dépendent sa liberté, sa fortune et sa vie.

Le scrutin le plus démocratique est celui qui met en rapport direct le mandataire et les électeurs, et permet le mieux à ceux-ci de connaître, d'entendre et d'interroger l'homme à qui ils devront confier les destinées de la Patrie.

A. HERSANT.

Belleville, 1er Janvier 1882.

Pnris. Imp. Wattier et C⁹, 4, rue des Déchargeurs.

* 9 7 8 2 0 1 1 7 8 0 8 6 7 *